KB196372

당신을 좋은 소식이라고 저장했습니다

김진규 시집

당신을 좋은 소식이라고 저장했습니다

달아실시선
87

달아실

보조 용언과 합성 명사의 띄어쓰기 등 본문의 맞춤법은 시인의 의도에 따른 것임.

시인의 말

닫아둔 창문을 누군가 자꾸만 열어놓는 것 같은데
그게 그리 싫진 않습니다.
내심 불어오는 바람을 좋아하는지도 모릅니다.

사랑하지 않는다는 말이 아닙니다.
미워한다는 말도 물론 아닙니다.
아직도 모르는지 자꾸 물어보겠지만,
멀었습니다.
변명이 계속 늘어나고 있습니다.

2024년 12월 춘천에서
김진규

차례

당신을 좋은 소식이라고 저장했습니다

2부. 오늘, 나는

3부. 모임의 모형

4부. 인간성

1부

우리가 무엇이 되어

우리가 무엇이 되어

1

그건 우리가 작은 물방울일 때
우리는 그렇다면 분실물, 어디론가 떠나온 것들
누군가 흘린 것처럼 줄곧 부서지는데
그러다 문득 가장 가까운 것을 끌어안았어

나랑 살면 재미있을 거야,
그건 사랑한다는 말보다 선명해서
나는 내가 웃는지도 모르는 채로 손을 흔들었지

2

그때 우리는 밤에만 시드는 이파리
눈이 부셔 손사래 치는 길모퉁이
그렇다면 우리는 언젠가 되돌아가는 것들
넘치는 마음, 흐르는 것들은 꼭 맴돌다 떠나고
떠난 것들은 꼭 어딘가에 도착하고

네가 견디던 밤을 나는 알 수 없지만
곁에 둔 나의 잠 따위를 뒤적이다보면

꼭 쓰다만 편지처럼 꾹꾹 뭉쳐둔 불빛들
조용히 너의 옆구리를 비추어보면
가지런히 도드라진 너의 갈비뼈

3
그래서 이제 우리는 부푼 주머니, 뒤척이는 냄새
끌어안은 어제와 내일 그리고
오들오들 떨고 있는 작은따옴표
먼지를 털어내야 빛나는 문양처럼
잘 닦아둔 이름으로 서로를 불렀어

그래도 같이 누워 볼을 맞대고 잠들면
다음날의 기분을 미리 이해할 수 있었어
꼭 우릴 닮은 표정이라며, 너와 나 사이
무엇보다 선명한 얼굴 하나가 있어

4
이제 우리는 소란스러운 맥박이자 들썩이는 온기
동그랗게 담긴 밥처럼 가만히 기다리다가

다시 또 하루를 견디는 오늘
그렇다면 우린 다시
송골송골 서로에게 맺히는 물방울

우리는 이제야 서로를 궁금해하기 시작했어
무엇을 사랑하는지, 무엇을 사랑할지

주먹싸움

네가 어제 울었다는 걸 난 알고 있었다

너에게 주먹을 쥐는 법을 알려주었다

서로 주먹을 내밀고 내리쳤다, 번갈아가며
누가 더 참을 수 있나 내기했다
이런 게 놀이가 되기도 했다

아픔이 없는 아픔은 줄 수 없을 거라고
그런 다짐 같은 것을 하기도 했다

안다

*

어릴 적 잘못을 저지르면 무릎을 꿇게 했다
차가운 바닥, 내리쬐는 햇볕 그리고
죄가 여기 있습니다, 손짓하는 양팔
아픈 팔이 서서히 내려오면
내가 가장 먼저 그걸 알았다

*

어릴 적 잘못을 저지르면 빌었다
잘못은 어느새 어딘가로 도망쳤지만
나는 계속 빌었다
잊고 있던 잘못이 떠오를 때까지

그러다 고개를 숙인 내가 마주한 건
얼굴보다는 작은, 그러나 더 단단한 나의 무릎
간절한 기도는 결국 간절한 반성일 수밖에

무릎은 줄곧 내 슬픈 얼굴만 보았을 것이다
그리하여 무릎은 안다

내 기도가 무엇인지
왜 오래도록 빌어도 끝이 없는지

그래서 나도 안다
기도가 끝나면 왜 무릎이 저려오는지
아프지 않은 날 뒤엔 어째서 아픈 날이 따라오는지

*

가장 낮은 자세의 얼굴은 무릎이라
이제 나는 안다
내가 어떤 표정을 따라하는지
간절한 날들에 왜 얼굴들을 가리고 우는지

우린 종종 무용한 것들을 사랑해서

우린 종종 무용한 것들을 사랑해서
쓸모에 대해 오래도록 얘기했었지

가질 수 없는 것들을 얘기하고
잠깐 품에 있다가 금세 떠나는 것들을 생각하고
한끼의 식사도 되어주지 못할 것들과
행복 뒤에 따라오는 현실의 불행
몇 번씩 고쳐 쓴 글씨와 서툴게 깎아놓은 연필들

나는 아픔을 말해주는 사람을 믿고
내가 믿는 사람들은 모두 한 번쯤은 아팠기에
위로보다 더 무용한 것이 있을까
그땐 대답하지 못했던 동작들

하지만 무용한 것들은 가끔 아름다웠어
내가 남긴 것들이 너에게 닿으면
나는 가끔 아름다울 수 있었어

우린 춤을 추고 있는 거라고, 발에 불이 붙은 것처럼

간절하게 더 간절하게

고통이 춤을 더 아름답게 만들고 있었어

표지판

애인은 그것이 무엇인지 알려주지 않는다
여기 담긴 그것에 관해 설명하자면

어디에도 길들지 않았을 것
생각하지 못한 곳에서 나타날 수도 있을 것
종종 무섭지만 반가울 것

본 적 없는 모습을 상상할 수 있을 것
가끔 나타나 속을 헤집어놓을 것
혼자서도 생존할 수 있을 것
하지만 구조가 필요할 것

공격적이지도 우호적이지도 않을 것
갇혀 있지만, 기본적으로는 풀어줄 것
그래서 계속 관찰이 필요할 것

애인은 그것이 무엇인지 알려주려 한다
나는 애인의 입을 막는다

자세히 보기 위해 눈을 비빈다
그것이 눈을 비빈다

서로의 이름이란 걸 알고 있다는 사실들

사랑이라 말하면 사랑은 알 수 없는 것이 되고
예상하는 모든 날씨는 그날이 오지 않으면 알 수 없어서
우린 가만히 눈빛을 나누며 기다리는 걸 배웠을 거야
손금이 스며들 만큼 서로의 손을 꽉 쥐어보고

우리는 알 수 없는 것들을 사랑해서
사랑은 계속 서로를 사랑하려 하고
그러니 나는 너에게 내가 아는 사랑을 줄게
고이 눈 속에 담아두었다가, 네가 아름답다 느낄 때면
하나씩 꺼내어 너에게 보낼게

끝없는 골목엔 아이들의 지치지 않는 낙서들
썼다가 지운 것들이 혼자 밝아지기도 한다는 비밀들
우린 그게 서로의 이름이란 걸 알고 있다는 사실들

가만히 몸을 기울여 문득 실소처럼 흘리고픈 말들
새하얀 팔 위를 조심스레 거니는 파란 씨앗들
가만히 창가로 날아들어온 새에게도
가장 아름다운 이름을 붙여 부르고 싶은 마음들

그런 것들이 내가 줄 수 있는 마음이라
문득 돌아보는 너에게, 서성이는 너에게
나는 사랑보다 더 사랑 같은 위안을 줄게

사랑이라 말하면 그것은 알 수 없는 것이 되지만
이제는 말하지 않아도 우린 가만히 눈빛을 나누고
오늘은 처음 우리가 저 어딘가에 도착하는 날
끊이지 않는 노래 속 연호하는 내일들

우리는 서로 사랑을 해서
알 수 없는 것들조차 같이 사랑하기로 하고
결국 고심 끝에 꺼내놓은 고백은
서로의 이름이란 걸 알고 있다는 사실들

꽃다발 1

여러 꽃말을 기억해두었다
이것들이 모이면 무엇이 될까
좋은 뜻 사이엔 나쁜 뜻도 필요했다
그래야 좋은 말들이 더 빛날 테니까

꽃은 다발이 좋겠다
몇 개쯤 시들어도 잘 보이지 않고
몇 개쯤은 향이 없어도 모를 것 같아서

나는 너에게 꽃다발을 선물했다
꽃말을 전부 설명하진 못했지만
기억하는 것들은 전부 말했다
너는 고맙다고 말했다

내가 한 말들 사이로 너의 그 말만이 빛났다

꽃다발 2

나는 너에게 꽃다발을 선물했다
너는 꽃다발을 거꾸로 매달아두었다
꽃말들이 전부 시들 때까지

네가 내 말들을 전부 잊을 때까지

풍선

*

나는 네가 날아오를까봐 잡고 있었다
네가 뻗은 손을 잡고, 다시 그 손을 감싼 채로

*

아프지 않은 사람은 없어, 잠든 너의 손에 끼적여보다가
계절은 결국 봄이 되고 창가를 어른거리는 햇빛들
가만히 손을 펴면 손안으로 다가오는 온기를 너는 닮
아가고

그럴 때마다 붉거지는 너의 핏줄을 좋아해
커다란 나무의 몸을 속으로만 그리고 있는 나이테처럼
사선을 긋는 너의 눈물을 나이테라 부르고 싶던 때에
살자, 우리
주문처럼 말하고 나의 온기도 담아 너의 손을 쥐어주지

하지만 너는 꼭 쥔 주먹을 보여주지 않아
그 안에 무엇이 있을지 나는 알 수가 없고
다만 종종 역류하는 링거처럼 우리의 기분이 오르내릴 때

그래도 또 하루가 갔다, 그치? 말해보지만
아프지 않은 날을 세기엔 손가락이 모자랐다

*

뒤척일수록 하얀 시트의 주름은 소용돌이치고
장마가 오고 창가에 머문 얼굴이 계속 지워지고
수챗구멍을 따라 흘러가는 머리카락들
아직도 놓지 못하는 끈들

*

우린 그런 꿈을 꾸기도 했다
나란히 들판을 걸으며
구름 하나 없는 하늘을 올려다보는 꿈

그러다 문득
저 멀리서 굴러오는 풍선 하나와
바람에 실려 오는 풀냄새 같은 것들

우린 퍼렇게 물든 무릎을 털어내며

발치에 다가온 풍선을 들어본다

알 수 없는 무게

이 풍선에 우린 무엇을 실을 수 있을까
아득한 하늘 저 멀리 날려보낼 순 있을까
날아갈지, 고꾸라질지 우리는 아무것도 모른 채

*

눈물은 떨어지지 않고 오래도록 눈 안에 머물고 있었다
둥근 것들은 닦아놓지 않아도 빛나는 거라고, 너는 내게
서 떨어지지 않으며 말했고 나는 그때 알았다 우리가 눈
물 속에 있다는 것을, 떨어지지 못하고 자꾸만 부풀고 있
다는 것을

젖은 손목들을 모아서 당신에게 흔드는
날, 나는 모든 밤을 꺼두고 괜히, 어디에 깃
들지 모를 누전 따위를 걱정하다가, 문득 불
을 켜두었던 빈방 하나를 떠올립니다

　아무쪼록 밝히지 않아도 환한 이별이었습니다

모른다

그때는 몰랐다 지금도 모르게 될 것이라는 것을

내가 죽인 것들이 곁에 와서 잠드는 밤 잠드는 것들은 언젠가 깨어나는 법이라 모든 죽음이 서로 먼저 잠들겠다 고 발광하는 밤 선택받지 못한 것들이 스스로를 더듬거리 며 반성하다가 결국 살아야겠다, 생각하는 밤

하려 했던 말들은 겸손하게 거절한 선물쯤이 되어 어딘 가에 켜켜이 쌓여가고 종종 지루한 내가 그 말들에 리본 을 달아준다 예쁘고 성의 없는 어떤 말들은 누구에게도 닿을 수 없다는 점에서 그립다와 비슷하고 삶은 온전히 자신의 것이라는 점에서 지루한 기행이었고

기행에 대해 말하자면 내세울 것이 없었던 삶 묻는 것 엔 답하고 질문하지 않는 미덕이 긴 대낮을 견디는 방법 이었고 부득이하게 누군가를 자꾸 떠올리는 밤이 오면 눈 을 뜨고 밤을 지새웠다 눈 감고 생각하는 것들은 결국 사 랑하게 되었으니

누군가 대신할 수 있을까 이토록 질긴 하루들을

　하나뿐인 의자에 앉은 나는 대신의 대신쯤이 되어 나에게 조아리고 절망에는 멜로디가 없어 흥얼거리지 못한 콧노래를 끝없이 기억해낸다 정말 이 정도면 충분하겠습니까? 그건 마지막 진언을 내뱉기 전 나에게 내민 밤의 꼬리

　내 이름을 모른다 나는 나를 대신하며 살았으므로
　한 번도 나를 부른 적이 없으므로

2부

오늘, 나는

고백

강 밑바닥 수북이 쌓인 돌들
그건 모두 네가 나에게 던졌던 것들

나는 돌을 줍는다
쌓을 수도 없는 돌을 가득 안고
발목이 젖어가는 줄도 모르고

차가운 강물이 천천히, 천천히
따듯해지는 줄도 모르고

너무 오래 그 자리에 있었기에

기다리고 있진 않은데 만나자는 말을 이미 건넨 터라
기다리는 것 같다 부르지도 않았지만 기다리다보니 올 것
같다 기다리지 않았다고 말하기엔 너무 오래 그 자리에
있었기에 우연이라 말하고 손 내밀고 싶어질 것 같다 나
서는 거리에서 우연히 마주치면 왜 기다렸냐고 물을까봐
어쩔 수 없이 갈 수도 없이 누구도 기다리지 않으며 기다
렸다고 하려니 이미 지난 과거라고 말하려니 아직은 가만
히 기다리는 중이라 기다리고 있진 않은데

도와달라는 말엔 아직 슬픔이 없어서

그런 걸 생각하지 아직 오지 않은 날, 아니 어쩌면 그런 날이 오겠지 미련 없이 떠나려던 날 어두운 그림자를 몸으로 뭉개며 구석에 아른거리는 햇빛 한 줌 따위를 마셔 보는 밤 닳아진 야광별 하나쯤 주워 두 손으로 감싸봐도 안광보다 빛나지 않는, 아 앞으로는 더욱 어두운 곳으로 가도 나는 빛나지 않을 것 그런 걸 깨닫는 순간 눈이 감겨, 이건 부유하는 기분

어딘가에 휩쓸려 아무것도 없는 나는 빈 몸 어딘가에 표류할 날을 떠올려 가정은 더욱 무서운 날씨를 만들고 무거운 공기는 자욱하게 수평선을 가리지 나에겐 어딘가로 떠내려온 기억만이 쉬지 않고 피처럼 온몸을 돌고 있는데, 문득 내가 알몸이었다는 생각, 하지만 다행히 자리를 지키고 있는 한 겹의 부끄러움

도와달라는 말엔 아직 슬픔이 없어서 나는 부족한 부분을 상상하지 계속 혼자였다는 마음, 마음 같은 건 들고 흔들 수 없어 단지 어딘가 잠시 보내둘 뿐, 그러다가 돌아오지 않으면 기다리면 그뿐

너도 기다렸니, 나도 기다렸는데 그런 대답처럼

누군가 우는 소리에 나도 언젠가 무언가를 울렸던 것 같아 소스라치며 머리를 흔들면, 헝클어진 잠자리엔 파도가 지난 자리 그런 곳에서 나는 분명 입고 있는 팬티 같은 걸 확인하지

손잡아주는 날

그런 날이 있으면 좋겠다
누군가가 말없이 손잡아주는 날

길을 걸으면 온통 손 흔드는 사람들
두 손을 흔들면 그건 살려달라는 것 같아서
한 손을 택한 사람들

손잡아주는 그런 날이 있으면 좋겠다
무방비했던 내 손을 안아주려고
나는 늘 주먹을 쥐었다

이제 우린 어딘가에 추락할 일도 없겠지
간절히 구조를 원하게 될 일도 없을 거야
무모하게 어딘가로 떠날 일도 오지 않고
이미 떠나보낸 것들을 찾으려 나서지 않고

그러니 누군가 내 손 잡아줄 일이 없겠어
간신히 매달려 도움받을 일 없겠어

하지만 손잡아주는 그런 날이 있으면 좋겠다
짧은 순간에라도 구원을 느낄 수 있게
온몸을 실어 매달릴 수 있게

나는 같은 말을 너에게 반복한다
그 말들이 닿을 때까지

너에게 건네는 말이 온전히 가기까지

너에게 건네는 말이 온전히 가기까지

푸른 초원을 지나 우거진 숲을 지나
더 따뜻한 곳으로 흐르는 강을 넘으면
밝아오는 아침처럼 소리 없이 너를 감싸기까지

마음을 부려 가득 썼다가도
다시금 쓱쓱 지우고 마는 그런 하늘을 지나
빈틈없이 푸르른 저 산 너머
며칠을 고민하며 웅크렸던 바람이 내는 소리처럼

서서히,
너에게 하는 내 말이 고백이 될 때까지

잡은 손에 몰래 썼던 내일까지
부둥켜안고 울던 어제까지
조금 늦었지,
웃으며 말해도 괜찮을 때까지

너에게 가는 내가 듣고 싶은 말이 될 때까지

그때까지

장마

잊고 지냈던 노래를 듣는 날
애써 밝은 목소리로 당신에게 했던 말들은
지나친 골목처럼 혼자 어두워진다
그 말들은 모여 자꾸만 그때를 다시 살고

사랑이 끝나는 순간은
불렀던 노래를 다시 기억하는 일
꺼내어 뒤적일수록 멀어지는
처음, 익숙해서 끝내 익숙해질 수 없는

바닥은 진창이 되어본 적 없는 물길을 만들고
이곳은 저곳으로 흘러
내가 딛는 발자국마다 빗물이 스밀 때
흐린 웅덩이가 되어 머물 때
나는 믿었다, 그래도 한철을 견디다 가는 마음이 있었
다고

뿌옇게 변한 유리창 속 뭉그러진 얼굴
당신이 건넸던 지난날의 기분들이 오늘의 우울이 되어

비가 그치지 않는다, 끊임없이 내리고 내려서

이를테면 철이 지난 꽃을 오래도록 꺾어두었던 것처럼
나를 드나드는 모든 사람들
당신을 닮아 곁에 두었다고 말해도 될까
금도 가지 않는 병 속 줄어드는 물처럼
우린 사실 아무런 사이도 아니라고 그렇게 믿으면 사라
질까

프리지아꽃은 아직 피지 않아도
흐린 구름도 없이 젖어드는 숲에
장마가 온다 장마가 온다

즐거운 시

애인이 말했다

즐거운 시를 쓸 순 없어?

물론 나는 대답하지 않고,
즐거운 것들을 혼자 되뇌어본다
이건 사랑과는 별개의 일

고백도 아닌 것들이 가득하지만
손으로 적었을 땐 부끄러운 말들이 되고
그런 말들을 잔뜩 쏟아내며 밤을 새우고

우리 함께 어딘가로 떠나던 날
비행기 날개 끝, 반짝이는 불빛을 보며
어떤 불행은 아슬아슬하게 나를 비켜 가겠다 싶고
나는 어쩌저찌 너에게 도착하겠다 싶고

이런 것들은 애인에게 갈 수 없을 거라
나는 시로 옮기지 않고

아마 못 할 거야

말한다, 맘속으로만

점묘화

가슴이 벅차오를 때 지을 수 있는 표정이 있다는 것
건네는 인사에 알아채기 힘든 작은 사랑을 담는 것
다시 한번 묻지 않아도 고개를 끄덕이는 것
그건 내가 가진 작은 부분

골똘히 떠올리며 고마운 말들을 적어두는 일
문득 걸려 온 전화를 반갑게 받는 일
뒤돌아선 뒷모습에 다시 인사하는 일
그건 네가 가진 작은 부분

사랑하는 일, 사랑받는 일
사랑 같은 것들을 주변에 부려놓는 일
그건 우리가 할 줄 아는 작은 부분이라

그러던 어느 날에는 창문을 덮은 입김처럼
자꾸만 닦고 싶은 마음이 있어
그 뒤에 우리는 무엇이 되어 있을지 지켜보는데

나는 알게 되었지

가끔 미안하고
자주 사랑하려고

그렇다면 우린 그림 같은 걸 그리고 있는 걸까
한아름 안겨오는 작은 어제들과
서서히 윤곽을 그리는 커다란 내일

우리는 그 무엇이 될지 모르는 채로
서로에게 건네는 건
여전히, 여전히 작은 부분

워킹 홀리데이

꼭 다시 만나자, 이런 말은 못 했고
시간이 되면 우린 서로에게 얼굴을 보낸다

나는 보여주고 싶은 것만 잔뜩 꺼내는데 너는 아무런
불만이 없다 왜 나를 궁금해하지 않을까 이곳은 너무 추
워 얼굴까지 옷을 뒤집어쓰는데 지금 난 얼굴 없이 널 마
주하는데 너는 아무런 불만이 없다 더 묻지 않는 말들이
정적처럼 깜빡이고 우리의 입술은 커서처럼 반짝이지만
종종 투명하다 입맞춤이 방금 끝난 것처럼 우린 무슨 말
을 먼저 꺼내야 할까 우리가 마음껏 소리 내어 떠들 수 있
는 날은 오직 홀리데이뿐인데 웃는 너의 얼굴 뒤로 눈이
내린다 너의 계절에서는 눈이 오고 있는 걸까 너는 나에
게 숨기고 싶은 것만 잔뜩 꺼내는데 물론 나는 불만이 없
다 내가 잘하는 건 거짓을 사랑하는 일

문득 난 아무것도 보이지 않아 모니터를 닦았고 손끝엔
너의 계절에서 건너온 눈썹이 묻어 나왔다

언젠가 만나러 갈게, 그런 말은 못 했고

같은 하늘 아래에서 내가 눈이 온다 말하면 눈이 오는 계절에서 우린 함께 걷고 있지 밤과 낮을 서로 번갈아 흐릿한 잠을 청하며 살아가는 오늘이 홀리데이

파도

그대가 하늘을 등지고 서서 이곳을 바라볼 때
뒤에선 멀리 해가 지고 있지만 아직 우리에겐 새벽이 일
러서
수평선이 지워진 자리 차가운 구름이 걷히면
발끝에 닿는 햇볕이 들려오죠

외우지 못한 말들은 모두 썼다 지웠는데
그래도 몇 개가 그대에게 읽히면
멋쩍은 나는 단단한 돌 몇 개를 주머니에 감추고

신발도 없이 그대가 가만히 깊은 모래에 잠겨들면
나는 그저 어두운 노래쯤이 되어 곁을 맴돌 텐데
그림자만 뚝뚝 흘리며 젖은 머릴 늘어뜨릴 텐데

그대여 질문은 언제 멈추나요
왜 대답도 없이 밀려드나요

오늘, 나는

당신을 좋은 소식이라고 저장했습니다

3부

모임의 모형

문 열어두고 사는 남자

그 남자 문을 열어두고 산다
여름이 오고 한 번도 본 적 없는 남자

1106호
낡은 화분엔 젖은 신문지가 자라나고
벽을 타고 흐르는 실금들은 스포이트처럼
시퍼런 페인트 방울을 뚝뚝 흘리고

나의 출근길은 그 남자의 집 앞을 지나
엘리베이터를 타는 것

문 앞에 쌓여가는 광고 전단지들을 세어보며
부재는 이런 말들을 남기는구나 싶다가도
누군가 살고 있겠지, 하는 믿음이
저 열린 문 안을 보지 말라 말한다

개놓지 않은 이불이나 색바랜 벽지를 보면
그 남자가 쌓아둔 삶을 떠올리겠지
낡은 신발들이 어지럽게 놓여 있으면

그 남자를 따라온 불행들을 추측했겠지

하지만 다행이다
그래도 나는 어제처럼 출근을 하고
다시 어제처럼 퇴근을 하고
종종 슬프다가 결국 집으로 돌아갈 것이다

문지방을 넘듯 조심스레 그 남자의 집을 지나가면서
문득 나는 오늘 문을 잠그고 나온 것인지
열쇠도 없는 주머니를 한 번 만져보는 것이다

모임

우린 서로에게 잘 지냈냐는 물음으로 잘 지내고 있음을 알렸지 이렇다 할 행복도 없이 저렇다 할 슬픔도 없이 막연한 마음으로 지내는 걸 우린 잘하고 있는 거겠지 담배 연기처럼 우리를 가득 메우고 있는 불안 그 와중에 의심은 눈치 없이 여러 번 불씨를 당기지 괜찮을까? 걱정이 창문을 열고 겁은 입을 틀어막지 포기는 알 수 없는 춤 같은 걸 추고 있는데 콜록콜록 누가 기침 소리를 내었는지 모르지만 이럴 때면 우린 어디론가 함께 떠나는 것 같아

말이 길어지니 우리는 몇 개의 방을 거쳐 온 기분이었어 몇 개의 정적을 드나들다 한 번쯤은 잠긴 문밖을 서성이는 것도 이상하지 않겠다는 생각이 들었지만, 이곳엔 우연이 없으니 그런 일은 일어나지 않았다 우연은 연락이 끊긴 지 오래였다

그래도 우린 함께라는 가정 하나로 지금까지 버텨온 거라고 보이지도 않는 곳에 우리가 있다는 믿음으로 또 며칠을 견딘다고 희망이 미친 듯 문장을 써댔고 가능성이 목놓아 건배를 외쳤지만 모두 오늘이란 녀석 앞에 말을 잃었다 오늘은 마스크를 쓰고 있었다 도대체 얼마나 많은 놈이 이 방에 있는 거냐며 고민이 나지막이 중얼거리

자 고통이 뒤통수를 치며 이젠 좀 조용하라고 말했다 이
미 의미는 여기에 없다고

　우린 오래도록 함께 만나지 못했으니 오히려 모임보다
는 모형에 가깝다고 누군가 우스갯소리를 던졌으나 누구
는 이 말에 웃었고 누구는 가만히 있었다 우린 가만히 있
는 놈을 의심하기 시작했다 행복도 없고 슬픔도 없는 오
늘이 한 놈을 가리키며 물었다 근데 쟤는 누구지? 왜 아
무런 말도 하지 않지? 불안과 희망 가운데 과묵한 내일만
이 있었다

전도

먹을 것이 없는 새들이 발자국을 쪼기 시작하자
사람들은 떠나간 이들의 이름을 생각하기 시작했다

그해 겨울은 너무 추워 기도 없이는 견딜 수 없었다
어두운 밤을 향해 손을 비비면 가끔 하늘이 밝아오곤
했다
아이들은 그걸 응답이라 했고, 어른들은 입을 다물었다
그 마을에선 모르는 것은 말하지 않기로 했으므로

해가 지면 뒷산에 죽은 새들이 밤송이처럼 후두둑 떨어
졌다
아이들은 깃털에 붙은 먼지를 모아 옷을 만들어 입었다
어른들은 딱딱한 새대가리를 까서 구워 먹었다

밤이 오기 전 사람들은 개를 풀었다
개는 절대 혼자 떠나는 법이 없었다
배도 고프지 않은 것들이 종일 먹을 것을 찾아다녔다

베어둔 나무들엔 썩은 입술들이 자라났다

달이 뜨면 그것들은 사람들 뒤에서 저주를 퍼부었다
사람들끼리 약속한 것은 딱 두 가지였다
재잘거리는 그것들을 긁어모아 꼭 불태울 것, 그리고
귀 기울이지 말 것
따뜻한 집이 되려면, 꼭 무언가가 그 밑에서 불타올라
야 했다

마을에 하나뿐인 다리가 무너졌을 때
사람들은 기뻐하기로 했다 아니, 울기로 했다
이제는 누구도 떠나지 않을 것이므로

마을에서는 잔치가 벌어졌다
빈틈없이 쌓아 올린 믿음에 대해 축하하기 위해
아껴둔 희망 따위를 잔뜩 꺼내놓아 목을 축였다

아무런 문제가 없었다
그토록 지켜오던 교리가
떠난 이들이 남기고 간 요절이란 걸 알기 전까지는

3분 16초의 수명이 연장되었습니다*

　창밖엔 어제의 태양이 다시금 지고, 조금씩 줄어드는 꽃병의 물과 떨어지는 링거액에 여진처럼 흔들리는 몸, 괜찮아 같은 말은 괜찮지 않았고 고마워 같은 말은 부족했지만, 문득 적당한 말이 생각나 입을 여는 순간 입안을 맴돌다 사라진 수많은 말 중 결국 스르르 열린 입에서 흘러나온 건, 겨우 맑고 투명한 침 같은 것

* 지하 통로 마지막 계단 문구.

연착

어떤 날엔 우거진 숲속에서 태어났네
길을 찾아 나무들을 헤집었네
뿌리가 뽑힌 나무를 꽃다발처럼 들고 울었네
나는 그 무엇도 심지 않았는데
이곳은 죄다 내가 아는 나무들이었네

다시 태어난 나는 그것들을 모두 기억하고 싶었네
온갖 책들을 뒤져가며 이름을 찾았지만
꼭, 아무리 찾아도 이름을 알 수 없는 것들이 있었네
부르고 싶어도 부를 수 없어서
나는 어제가 다시 왔으면, 했네

나는 밤이 오기까지 마당의 돌들을 세기 시작했네
하나, 둘……
돌은 세도 세도 끝이 없었네
자꾸 늘어나는 것처럼
마치 나보다 조금 늦게 이곳으로 도착하는 것처럼

막다른 길에 다다랐으나 푸른 숲을 향해 가듯

우린 줄곧 막다른 길에 다다랐으나
약속했던 푸른 숲은 보이지 않고, 길은 끊임이 없었다
그럴 때마다 눈을 돌리면 길 밖은 바깥의 일들로 가득
하고
쏟아지는 비는 자리를 찾지 못해 어딘가로 흘렀다
그렇게 우리도 어딘가로 흐르고 있었다

되돌아보면 우린 종종 진창을 걸었다
가만히 둘러앉아 젖은 신발을 벗고 나면 새하얀 발,
서로에게 그토록 하얀 부분이 있었다니
우린 새삼 부끄러워지는 발들을 흔들었다
그럴 때는 웃을 수 있었다

앞선 이가 없으니 누군가의 길이 되는 것도 나쁘지도
않았다
엎드려 쪽잠을 자던 내가 깨어났을 무렵
당신은 저 앞으로 걸어가고 있었다

어디로 가는 건가요 아직 해가 뜨지 않았는데

눈이 부신 내가 눈을 비비자 눈앞이 푸르러졌다
어두운 밤 멀어지는 모습이 선명히 보였다

당신이 푸른 숲을 걷고 있었다
천천히 멀어지고 있었다
함께는 아니지만 그런 것도 괜찮겠다 싶었다
당신 뒤에 발자국이 되고 싶었다

놀이공원

진짜 같아서 좋다는 말이 거짓이란 걸 압니다
당신은 진짜가 뭔지 알고 있으니까요

당신의 감탄이 조롱으로 들립니다
하늘이 빙글빙글 돌고 있죠
그걸로도 부족하면 내가 더 돌아볼까요

웃음을 팔아본 적은 없지만
누군가는 내가 팔아치운 것들과 함께
웃으며 돌아오곤 했습니다

낯선 얼굴들에게 항상 나는 어울리지 않았습니다
그러니 나는 즐거움을 닫는 사람이지요
누군가 가장 행복할 때,
그걸 마지막이라고 말하는 사람이지요

겸연쩍게 웃으며, 맞습니다 하고
박수를 쳐댔지요 박수가 나왔지요
나에겐 박수의 재능이 있었답니다

박수칠 때 담아두는 곳이 있답니다
닫기 위해 박수를 치는 날이 있답니다

회전목마

가짜 말을 타는 것으로 말을 타는 기분을 원하는 건 아
니다
가짜라는 걸 알면서도 탄다는 게 우리의 기본적인 태도
말처럼 달리지도 않는 것을 말이라고 믿진 않는다
말처럼 달리더라도 우린 그것이 말이라고 믿지 않는다

하지만 너는 이게 말이라고 믿는다

그때부터 너에게 시작되는 새로운 경험
잘 묶여 있고 어디에도 도망가지 않는 말을 타는 너
말은 한 치의 오차도 없이 자리를 돌아 돌아온다
모두가 탈 수 있는 곳에 너를 내려주고
자연스레 다른 사람을 태우는 말

너의 인생에서 처음 만난 말은 아주 말을 잘 듣는 말이
겠지
고삐를 당길 필요도 없이 달리고
규칙적으로 움직이고 울지도 않고
슬픔도 없이 기쁨도 없이 움직이고

그 위에 너는 우리에게 손을 흔든다

여기 보여?

우리도 같이 손을 흔들어준다
너에게는 비밀이다
말을 움직이는 건 우리라는 것을
너가 처음 말을 배우기 전에
말을 만든 것이 우리라는 것을

룩아웃

전망대는 자이로드롭이 아니다
높은 곳으로 올라갔다가 떨어지는 것이 아니다
소리 지르고 싶은 사람들이 모여서
소리도 못 지르고 돌아가는 곳이 아니다

단지 가만히 올라가서 가만히 내려올 뿐이다
사실 사람들은 누군가에게 묻고 싶었다
이걸 타는 이유가 무엇인지
대답을 알기 전에 안전벨트는 채워진다
입 밖으로 나오지 않은 질문은 안전하다
이곳은 사람들에게 이유를 만들 수 있게 도와준다
모든 것엔 이유가 없지만, 모든 것엔 이유를 만들 수 있다
그래서 우린 올라간다 이유 없이
그리고 다시 내려온다 이유와 함께

당신이 나가는 길엔 설문조사가 있고
잘 묶여 있던 질문 위에 질문이 던져진다
당신은 이유 없이 좋다고 말하지 않는다
우린 메모한다

개선점 : 좋은 이유가 필요하다

질문은 이유를 부르고 이유는 질문을 부른다
이건 일종의 실험기구다
하지만 누구도 빈손으로 돌아온 적이 없다

다시금 기구가 움직인다
이건 자이로드롭이 아니다

화랑유원지

우리는 같은 곳을 돌고 있었지 전생처럼
엄마는 다 녹은 솜사탕에 얼굴을 묻었고
눈물로 얼룩진 단맛 웃을 수도 없는
목이 메도록 지치면 단맛이 난다지
우리는 마지막으로 한 바퀴를 돌기로 했어

매섭게 굴러가는 롤러스케이트
매섭게 굴러가는 우리의, 우리의

나는 서서히 속도를 늦췄어
너에게 따라잡힐 듯 따라잡히지 않는 거리로
구름은 노란 해를 가리고
오래된 캠핑터에는 그림자들이 모여 불을 지피고
그 불은 영원할 것처럼 거리로 걸어 나가고
너는 내가 누군지 오늘부터 잊기로 하고

좁혀지지 않는 거리가 우리의 영원한 거리
인사 대신에 나는 팔을 휘저었네
침잠하는 붉은 노을

너는 내가 지나가면 불어오던 나쁜 파문 같아

그런데 내가 아직 거기 있다고 얘기했던가?

엄마는 슬픈 맛을 좋아하지 않아서 솜사탕을 버리지 못
하고 간직하네

광장은 끝없이 둥그니까 나는 다시 돌아올 테고

속력은 마음 아프게 기다리는 일이 아니라

속으로 삼키며 같아지는 일이라고

너는 자꾸 재미있는 이야기를 하려 한다

내 말이 유언이 될 때까지

다른 얘기를 한다

사격장

조심해 아가, 이건 장전되어 있단다

가짜 총을 건네는 아빠의 손, 건네받는 가짜 같은 아이의 손

장전이 뭐예요?

이를테면, 그건 준비가 다 되었다는 거야

그렇다면 나도 장전되어 있는 것 같아요!

웃는 인형들이 줄지어 부자를 바라보고

저 인형을 쏘면 내 것이 되는 거죠?

죽인 건 영원히 내 것이 되는 거죠?

방아쇠를 잡은 아이의 손이 움직이고

그렇다면 나는 아빠를 죽일래요

웃는 인형들이 일제히 손을 들고, 아빠도 손을 들고

자, 이제 쓰러지듯 팔을 벌려 나를 안아 울 차례예요

조심하지 말아요,

탕

이웃

　나의 서른은 완벽하지 않아서 고장난 시계의 시간 따위를 믿습니다 거기 어딘가 멈춘 주파수들을 지나 여진처럼 서서히 되새기는 날들이 있습니다 천장이 낮은 방엔 갈아끼울 전구가 없어서 공손히 모은 손이 매일의 불빛이었지요 닫힌 문을 두드려도 깨지지 않는 어린 네 살의 손은 꼭 알맞게 동그란 비명이었지요 접시로 덮어둔 음식이 식어가는 속도처럼 서서히 얼굴을 지워나가는 건가요 미동도 없이 웃는 건 그만해도 되는데 한없이 웃는 건가요 잘 차려놓은 저녁상에서 가만히 들고 있는 숟가락 같은 누나 원 없이 퍼먹어도 좋은데 아직도 단단한, 새하얀 아이스크림 같아서요 그래서요 누나, 누나의 어제는 완벽해서 내가 끼어들 자리가 없는데 오늘은 젖은 성냥처럼 물러진 나의 서른이 혼자서 늙어갑니다 누나, 누나가 없으니 내가 너무 아름다워서 손가락으로 세던 나이가 숨겨둔 비밀 같습니다

4부

인간성

고양이

아이가 죽은 고양이를 내려다보고 있다
들고 있는 아이스크림이 녹아가고

부모들은 어디로 간 걸까
아이들은 돌아가는 길을 모르는데

저 멀리 어른들이 가고 있다
어른들은 무리 지어 다니고

이건 놀이 같은 것이 아닌데
한 아이가 고양이 옆에 따라 눕는다
마치 재미있는 걸 발견한 것처럼

거기 아이가 있으니
다른 아이가 그걸 구경한다
그걸 구경하는 아이는 다른 아이들을 부른다
마치 재미있는 걸 발견한 것처럼

고양이는 기다린다

아이들이 어른들이 될 때까지
이 놀이를 언제 끝낼지

꿈

발톱이 자랄수록 모든 벽에 구멍을 뚫는 짐승이 있다
누군가는 그걸 끈기라고 말했지만
단지 짐승은
주체할 수 없이 자라는 발톱이 싫었을 뿐이었다

손톱을 바짝 깎는다
뾰족해질 틈도 없이

부름

어쩌면 그건 내가 말을 배우기 전

부모가 나를 부르는 소리
지금 어디에 있냐는 질문에 답을 하려다가

가만히 소리가 들리는 쪽으로 걷던 내가
무언가에 걸려 넘어진 일

시작된 나의 울음소리는
내가 여기 있다는 대답이 되어 부모에게 간다

내가 말보다 먼저 배운 것
누군가 나를 부르기 전, 울 준비를 하는 것

모자

모자를 머리 위에 올려놓고 나가는 날에는 자주 모자를
잊어버린다
모자라는 것은 무엇일까
배우고 배워도 모르는, 아마도 그건 평생 알 수 없는 상징

하지만 나는 모자가 아닌 다른 것을 얹어놓을 수도 있
다, 이를테면
덜 익은 달걀프라이라거나 지푸라기로 만든 왕관쯤
삐걱거리는 정강이뼈 같은 것도 물론 가능하다
원한다면 이념도 포개놓을 수 있다

그 후 모자에 관해 얘기하자면
난 팔뚝 언저리쯤에 모자를 얹어둘 수 있다
허벅지에 올려둘 수도 있고 발에 올려둘 수도 있고
누군가 원한다면, 거기에 올려둘 수 있다

모자는 언제든 다른 것으로 치환되어 사라질 것이다
이를테면 잘 닦아놓은 얼굴이라거나
품에 감춰둔 메모장, 터진 토마토와 접시

혹은 지금 내 손에 있는 볼펜
아니면 내가 단 한 번도 써보지 못했던 모자

모자를 모르는 사람에게 모자를 설명해야 한다니
모자는 가끔 나에게 가혹하지만
모자를 모르는 사람에게 모자를 설명하는 건
가끔 나에게 축복 같아

모자를 어딘가에 가지고 가는 날에는 모자를 잘 잃어버
린다
그런 날에는 손에 닿는 모든 걸 모자라고 불러보며
모자는 모자다 모자는 모자다 몇 번을 되뇐다

월피

이곳은 내가 아는 가장 먼 곳

돌담 너머로 어두운 바다가 넘실거리고 있다 돌담은 앙 다문 입 같다

키보다 낮은 담 건너 수군거리는 소리
아이가 담에 기대어 손을 비비고 있다

누런 풀들을 꼬아 만든 목걸이
목에 꼭 맞는 크기에 머리를 집어넣고 있다
여기서 만난 것은 비밀이라며
다문 입에 손가락을 가져가는 아이

철썩, 철썩 건너편에선 뺨 맞는 소리가 들린다
나는 갈수록 키가 작아져 담이 무서워지고
키보다 높은 담 아래에선 피처럼 달빛이 흘러든다

어제는 왜 이리 늦었냐며 너는 창을 열고 가둬둔 바람은 창을 타고 밖으로 흘러간다 나는 너무 자랐는데 지금을

담아둘 곳이 없어 우린 바다가 가까워지는 모습을 지켜본다 돌담을 넘어 같이 걷는다 울창한 숲 위로 멍든 달이 뜨고 있다 어제의 밤이 길어 오늘의 밤은 연착되고 있다

밝은 길

밝은 길로만 다녀라

그렇게 말씀하시던 어머니
왜 늦은 밤 불도 켜지 않고 소파에 앉아 계십니까
이젠 더 올 사람이 없는데

네가 있는 곳이 너무 밝아
잠시 여기 피해 있단다

잘 때도 불을 켜놓는 내가
어머니 밝은 길로 가려면 밝은 곳에 살아야지요
어머니 입에서 어긋난 주파수 같은 소리
그래도 밝은 길로만 다녀라

어머니 방에 들어가는데
불도 켜지지 않은 거실
나는 아무것도 보이지 않는데

어머니 밤눈이 밝아 방에 들어간다

검은 방으로 손을 넣어 문고리를 돌린다
철컥 밤이 따라 들어간다
이제 어두운 길이 보인다

대포

아버지가 시켜 먹던 돼지껍데기를 지금은 내가 시킨다
플라스틱 의자에 앉아 신발을 털면
저 옆에선 고소한 기름 냄새
우리는 더 커다란 무언가가 될 거라 믿었던 날들이
따르지도 않은 잔에 벌써 넘친다

인간성

내가 아는 벌레들은 모두 뒤집혀 죽었다
죽는 순간부터 몸뚱이를 둥그렇게 감싸는 다리들
벌레의 영혼을 어디로도 보내지 않는 그 감옥 속에서
심장은 천천히 굳어가며 단단해졌다

내가 아는 동물들은 모두 보이지 않게 죽었다
터질 듯한 속을 눌러 담고, 잔뜩 웅크린 채로
마지막까지 스스로를 안고서
끝없이 위로했다

내가 가진 건 엎드려 우는 버릇
소리가 나지 않게 가만히 숨죽인 채로
서서히, 서서히

어제가 밀려드는 해변에서 너는

임지훈

문학평론가

당신은 현재를 살아가고 있다고 생각한다. 당신의 손에 잡히는 모든 사물이 그것을 분명하게 증명한다고 생각한다. 당신의 피부에 와닿는 햇살이 그것을 증명한다고 생각한다. 당신이 마시는 물이, 먹는 밥이, 내쉬는 한숨이, 밀려드는 잠이 그것을 증명한다고 생각한다. 생각한다는 사실조차 그것을 증명한다고 생각한다. 그러나 생각한다는 사실조차 시간에 밀려간다. 모든 것이 밀려간다, 내쉰 한 줌의 숨과 마신 한 모금의 물과 피부를 스쳐간 햇살조차도 모두 시간에 밀려간다. 당신이 머물던 현실은 어디인가. 잠이 파도처럼 밀려오는 해안에서, 당신은 어떤 모래밭에 서 있는가.

우리는 분명 현재를 살아가고 있다. 하지만 우리가 살아가는 현재를 구성하는 것은 현재가 아니다. 사물과 현상, 당신의 현재를 이루는 모든 의미와 가치는 현실의 효용만으로 이루어지는 것이 아니라 과거의 시간에 빚을 지고 있다. 손에 닿는 모든 것들, 작은 물컵과 테이블, 커튼, 연필, 서랍과 같은 사소한 사물들에서부터 당신이 마주하는 사람들, 심지어는 불어오는 바람과 내리쬐는 햇살, 혹은 오늘밤 당신이 마주하는 별과 달의 빛마저도 모두 과거로부터 온다. 당신의 현재란 과거라는 파도가 밀려오는 해변이다.

그 해변에서 당신은 밀려오는 과거를 마주한다. 이제는 쓸모를 상실해버린 무용한 것들, 손잡이만 남아버린 컵과 슬픔조차 잊혀진 고백들, 부서진 비행기의 날개 끝이나 부서진 전화기 같은 것들, 혹은 푸른 초원의 기억과 우거진 숲의 잊혀진 노래 같은 것들까지도. 그것들은 해변에 잔해처럼 밀려와, 당신의 현실 속 사물들에 깊숙이 스며든다. 사물의 영이 있다면, 그런 것이다. 그것은 곧 당신의 현실을 구성하는 사물과 현상들의 의미가 되는 것이다. 그러니 당신이 현재라는 시간 속에서 마주하는 사물들의 의미란 생각만큼 단순하지 않다. 그것은 과거로부터 밀려온 시간의 영혼이다. 당신의 기억 속 깊숙한 곳에서부터 밀려온 과거의 영혼이다.

우리가 쓰는 시란 어쩌면 그런 것인지 모른다. 과거가

밀려오는 해변에서, 마주할 수밖에 없는 과거와 대면하여 다시금 옛일을 상기하며 모래 위에 적어가는 일. 지금 우리가 마주한 김진규의 시 또한 그러하다. 그는 무수한 기억이 그의 해변에 홀로 선 채, 밀려드는 무수한 사물들을 마주하며 자신의 과거를 소묘한다. 그렇기에 여기에는 슬픔도, 기쁨도, 고통도, 아스라한 그리움도 모두 존재한다. 하지만 그것은 모래 위에 쓰여진 글자이기에 좀처럼 타인에게 전달되지 않은 채 자신의 밀려오는 기억 아래로 침잠하곤 한다. 이를테면 이것은 전해질 수 없는 편지이면서, 그것이 문자의 형태로 남은 기록이다. 그렇기에 그의 고백들은 전적으로 무용한 것이면서 무해한 것이기도 하다. 홀로 남겨진 기억의 해변에서 그는 이렇게 이야기를 시작한다.

　　우린 종종 무용한 것들을 사랑해서
　　쓸모에 대해 오래도록 얘기했었지

　　가질 수 없는 것들을 얘기하고
　　잠깐 품에 있다가 금세 떠나는 것들을 생각하고
　　한 끼의 식사도 되어주지 못할 것들과
　　행복 뒤에 따라오는 현실의 불행
　　몇 번씩 고쳐 쓴 글씨와 서툴게 깎아놓은 연필들

나는 아픔을 말해주는 사람을 믿고
내가 믿는 사람들은 모두 한 번쯤은 아팠기에
위로보다 더 무용한 것이 있을까
그땐 대답하지 못했던 동작들

하지만 무용한 것들은 가끔 아름다웠어
내가 남긴 것들이 너에게 닿으면
나는 가끔 아름다울 수 있었어

우린 춤을 추고 있는 거라고, 발에 불이 붙은 것처럼
간절하게 더 간절하게

고통이 춤을 더 아름답게 만들고 있었어
　―「우린 종종 무용한 것들을 사랑해서」 전문

　위의 시에서 화자는 자신이 "무용한 것들을 사랑해서/
쓸모에 대해 오래도록 얘기"해왔었다는 조촐한 고백으로
부터 이야기를 시작한다. 그러나 쓸모를 말하고 효용을
따지는 삶 속에서, 정작 그는 더 큰 아픔을 경험하며 살아
왔던 것처럼 보인다. 효용과 쓸모란 나의 소유일 때 발생
하는 것이므로, 그것을 따지며 산다는 것은 어떤 것을 소
유하기 위한 끝없는 투쟁과도 같은 삶이기 때문일 것이

다. 화자가 거듭 시집 전체에 걸쳐 자신의 고통에 대해 서술하는 것으로 말미암아, 그때의 상처는 여전히 내면에 남아 '나'의 현실을 때때로 침범해 오는 것으로 보인다. 이를테면 그가 가진 상처란 어떤 효용, 자기 만족감을 위해 대상을 소유하고자 한 시도가 실패로 돌아가면서 생긴 근본적인 것이라 할 수 있다.

하지만 역설적이게도 그러한 실패는 '나'에게 조금은 다른 인식을 가질 수 있는 계기가 된 것으로도 보인다. 4연에서 밝히고 있듯, 그는 고통의 끝에서 무용한 것에 대한 새로운 인식을 손에 넣기 때문이다. 그 계기는 아픔을 향한 타인의 위로이다. 그가 밝히고 있듯 위로는 문제의 해결에 본질적인 도움을 주지 못한다. 위로가 타인의 상처에 줄 수 있는 것은 상처를 바라보는 관점 그 자체일 뿐이다. 그러나 역설적이게도 그러한 위로는 주체의 인식에 영향을 미칠 수 있는 유일한 것이기에 궁극적으로는 화자의 인식이 변화되는 결과를, 그리하여 무용한 것에 대한 재인식을 가능하게 한 것으로 보인다.

그러한 과정에서 얻게 된 결과를 화자는 '아름다움'이라 표현한다. 이것은 김진규의 시적 세계가 어떻게 구조화되어 있는가를 살피는 데에 중요한 단서를 제공한다. 그의 시에서 '아름다움'이란 사물 자체에 내재되어 있는 것이 아니라, 그것을 바라보는 '나'의 인식에 달려있음을 의미하기 때문이다. 이는 '무용한 것들'이 가끔이나마 아름다워질 수 있는 조건이며, 따라서 그러한 무용함으로부터 도출되었던 '나'의 실패와 슬픔, 그 모든 고통은 역설적이게도 '나'의 삶에서 아름다움을 발견하고 창안하기 위한 조건이 된다.

기억이 밀려드는 해안에서 그가 발견한 것이란 이런 것이다. 그것은 자신의 삶에 대한 후회와 회한으로부터 시작되는 것이면서, 동시에 그 속에서 아름다움을 발견하게 되는 역설적인 순간이다. 그는 이러한 인식을 손에 쥐고 자신의 기억이 밀려드는 해안을 거듭 떠돈다. 그의 눈에 비춰지는 모든 사물은 제각기의 효용과 관계없이 아름다워질 수 있는 가능성을 지닌 것들이며, 동시에 어떤 기억을, 혹은 조금의 영혼을 소유한 것들이기도 하다. 그렇기에 그는 오래도록 바라본다. 자신의 기억으로부터 떠밀려온, 해변에 내려앉은 사물들을. 그것들을 시어로 만드는 과정을 통해, 그 안에 감춰진 아름다움을 발견한다.

1
그건 우리가 작은 물방울일 때
우리는 그렇다면 분실물, 어디론가 떠나온 것들
누군가 흘린 것처럼 줄곧 부서지는데
그러다 문득 가장 가까운 것을 끌어안았어

나랑 살면 재미있을 거야,

그건 사랑한다는 말보다 선명해서

나는 내가 웃는지도 모르는 채로 손을 흔들었지

2

그때 우리는 밤에만 시드는 이파리

눈이 부셔 손사래 치는 길모퉁이

그렇다면 우리는 언젠가 되돌아가는 것들

넘치는 마음, 흐르는 것들은 꼭 맴돌다 떠나고

떠난 것들은 꼭 어딘가에 도착하고

네가 견디던 밤을 나는 알 수 없지만

곁에 둔 나의 잠 따위를 뒤적이다보면

꼭 쓰다만 편지처럼 꾹꾹 뭉쳐둔 불빛들

조용히 너의 옆구리를 비추어보면

가지런히 도드라진 너의 갈비뼈

3

그래서 이제 우리는 부푼 주머니, 뒤척이는 냄새

끌어안은 어제와 내일 그리고

오들오들 떨고 있는 작은따옴표

먼지를 털어내야 빛나는 문양처럼

잘 닦아둔 이름으로 서로를 불렀어

그래도 같이 누워 볼을 맞대고 잠들면
다음날의 기분을 미리 이해할 수 있었어
꼭 우릴 닮은 표정이라며, 너와 나 사이
무엇보다 선명한 얼굴 하나가 있어

4
이제 우리는 소란스러운 맥박이자 들썩이는 온기
동그랗게 담긴 밥처럼 가만히 기다리다가
다시 또 하루를 건디는 오늘
그렇다면 우린 다시
송골송골 서로에게 맺히는 물방울

우리는 이제야 서로를 궁금해하기 시작했어
무엇을 사랑하는지, 무엇을 사랑할지
─「우리가 무엇이 되어」전문

　　그러나 앞서의 시에서 살펴보았듯 사물 속에 깃든 아
름다움이란 아름다움 그 자체로 존재할 수 없는 불투명
한 것이다. 사물이 가진 의미와 가치가 과거에 빚을 지고
있듯, 사물이 가진 아름다움이란 과거의 기억들이 혼재된
속에서 찰나의 빛처럼 반짝이는 것이다. 이 말은, 사물이
가진 아름다움이란 궁극적으로 과거를 바라보는 '나'의
인식으로부터 발견되는 것이기에 이 반짝이는 찰나의 빛

에는 슬픔과 고통이 물잔에 떨어진 한 방울의 피처럼 각인되어 있을 수밖에 없다는 의미이다. 즉, 김진규의 시에서 마주하는 '아름다움'이란 인간의 세계 인식 속에서 존재하는 순수 형식의 자리로서의 '아름다움'이 아니라, 존재가 실존을 걸고 투쟁하는 가운데서 마주하는 온갖 경험들의 정수로서의 실제적인 것에 가깝다.

위의 시는 그러한 김진규의 시에서의 '아름다움'의 위상을 보여주며, 동시에 이 실제적인 것을 구성하는 슬픔과 아름다움의 관계에 대해 보여준다. 그의 '세계' 속에서, 존재란 처음부터 이곳에 있었던 것이 아니라 어딘가로부터 떠내려온 것에 불과하다. '세계' 속에서 의미란 '나'라는 존재가 처음부터 그 세계의 안배에 따라 존재하기 때문이 아니라, 떠내려온 이후 갖게 되는 것, 즉 선험적인 것이 아니라 삶의 경험에 따라 축조되는 실제적인 것이다. 따라서 이 시적 세계 속에서 사물들의 의미와 각자의 관계란 세계의 존재 구조로 인해 자연스레 생성되는 것이 아니라, '나'의 경험 속에서 배치되고 형성된다. 그 경험적 세계 속에서, 가장 깊숙한 곳에 위치하는 것이 과거형의 서술어를 통해서만 나타나는 '너'라는 존재이다.

시에서 나타나는 '너'는 '나'와 과거를 공유하는 대상이면서, 현재는 '나'의 곁에 있지 않은 상실한 존재이다. 하지만 이 상실은 '나'의 현실 속에 '지금' 존재하지 않는다는 의미일 뿐, 절대적인 것이 아니다. '너'는 여전히 '나'

의 과거 속에 존재하며, 언어 속에, 혹은 사물과 현상 속에 '의미'의 형태로 여전히 존재한다. 이는 시집에서 나타나는 사물과 현상의 의미와 그로부터 찰나처럼 반짝이는 아름다움이 갖는 관계와 의미에 대해 알려준다. 근본적으로, 이 모든 것은 하나의 사랑이 끝나고 난 뒤 비로소 마주하게 되는 이야기, 후일담이라는 사실을 말이다. 그러나 이 후일담은 아무런 영향력도 없이 소진되고야 마는 것이 아니라, 나의 과거를 다시 바라보며 그 속에서 미처 발견하지 못했던 의미를 발견하게 해주는, 그리하여 '나'의 과거가 가진 아름다움이라는 잠재적 사태를 현현할 수 있게 해주는 인식의 산물이다.

　기다리고 있진 않은데 만나자는 말을 이미 건넨 터라 기다리는 것 같다 부르지도 않았지만 기다리다보니 올 것 같다 기다리지 않았다고 말하기엔 너무 오래 그 자리에 있었기에 우연이라 말하고 손 내밀고 싶어질 것 같다 나서는 거리에서 우연히 마주치면 왜 기다렸냐고 물을까봐 어쩔 수 없이 갈 수도 없이 누구도 기다리지 않으며 기다렸다고 하려니 이미 지난 과거라고 말하려니 아직은 가만히 기다리는 중이라 기다리고 있진 않은데
　　―「너무 오래 그 자리에 있었기에」 전문

어쩌면 그가 이토록 오래 기억이 밀려드는 해변을 홀로 서성이며 수많은 사물의 사이를 헤매는 이유도 이와 무관하지 않을 것이다. 나의 현재에 존재하지 않는 사물을 다시금 마주하는 일은 오직 기억의 해변에 그것이 떠밀려올 때뿐이고, 그렇게 떠밀려온 기억을 잡아둘 수 있는 것은 오직 언어뿐이기 때문이다. 그러한 의미에서 그에게 있어 '쓴다'는 행위는 과거가 되어버린 대상을 다시금 현재에 매어두기 위한 존재의 거처를 마련하는 일이라 할 수 있다. 오직 언어 속에서만 '너'는 다시금 '나'의 현재에 돌아올 수 있고, 언어 속에서만 '나'와 '너'는 '우리'가 될 수 있다. 하지만 여기엔 '너'라는 존재가 언어 외에는 존재할 수 없다는 사실과 오직 과거형으로만 기술될 수 있다는 사실로부터 기인하는 슬픔이 한 방울 섞여 있을 수밖에 없기에, 언어로부터 촉발되는 아름다움에는 늘 조금의 슬픔과 그리움이 섞여 있을 수밖에 없게 된다.

　이 시집의 제목이기도 한 "당신을 좋은 소식이라고 저장했습니다"라는 말의 의미란 이런 것일 테다. 조금 더 상세하게 밝히자면, 그것은 화자가 오래도록 도착하길 원하는 편지이자 계속해서 그의 기억의 해변을 찾아드는 사물이며, 동시에 현재에 이르기까지 도착하지 않은 소식이다. 그리고 이 말은 뒤집어 말하자면 위에 인용한 시가 말하고 있듯, 그의 기다림이 오래도록 지속되어왔으며, 앞으로도 오래도록 지속될 운명이라는 사실을 암시한다. 따라서, 그의 시에서 우리가 발견하는 아름다움이란 오로지 향유의 대상으로만 존재할 수 없다. 아름다움이란, 이처럼 화자의 오랜 기다림과 그로부터 촉발되는 슬픔의 지속 속에서 천천히 모습을 드러내고 있으니 말이다.

　　가슴이 벅차오를 때 지을 수 있는 표정이 있다는 것
　　건네는 인사에 알아채기 힘든 작은 사랑을 담는 것
　　다시 한번 묻지 않아도 고개를 끄덕이는 것
　　그건 내가 가진 작은 부분

　　골똘히 떠올리며 고마운 말들을 적어두는 일
　　문득 걸려 온 전화를 반갑게 받는 일
　　뒤돌아선 뒷모습에 다시 인사하는 일
　　그건 네가 가진 작은 부분

　　사랑하는 일, 사랑받는 일
　　사랑 같은 것들을 주변에 부려놓는 일
　　그건 우리가 할 줄 아는 작은 부분이라

　　그러던 어느 날에는 창문을 덮은 입김처럼
　　자꾸만 닦고 싶은 마음이 있어
　　그 뒤에 우리는 무엇이 되어 있을지 지켜보는데

나는 알게 되었지
가끔 미안하고
자주 사랑하려고

그렇다면 우린 그림 같은 걸 그리고 있는 걸까
한아름 안겨오는 작은 어제들과
서서히 윤곽을 그리는 커다란 내일

우리는 그 무엇이 될지 모르는 채로
서로에게 건네는 건
여전히, 여전히 작은 부분
— 「점묘화」 전문

　그러한 의미에서 화자의 '기다림'이란 사실 무용한 것
이라 할 수밖에 없다. 그것은 기약 없는, 대가를 기대할 수
없는, 완수되리라는 확신을 가질 수 없는 행위이기 때문
이다. 그러나 그 '기다림'이 무용한 것이기에, 이것은 한
자락의 아름다움 또한 소유할 수 있다. 보다 근본적인 의
미에서, 화자에게 있어 '기다림'이란 대가를 기대하며 이
루어지는 행위가 아니기에 무용한 것이면서 동시에 그렇
기에 그 자체로 아름다움의 가능성을 품에 안고 있는 현
상이기도 하다. 화자가 기억의 해변을 머뭇거리며 배회하

는 일, 그 속에서 자신의 기억 속에서 떠오른 사물로부터 사라진 대상의 환영을 보는 일, 그리하여 그 속에서 어떤 아름다움의 단서를 발견하고 이를 언어화시키는 일까지도, 모든 순간순간이 단지 무용할 뿐만 아니라 아름다움의 빛을 반기는 순간이기도 한 것이다.

물론 그 모든 순간순간은 한없이 작다. 하물며 아름다움을 발견하고 과거의 '너'를 마주할 수 있는 순간이란 덧없으리만치 짧다. 시에서 나타나는 형용사들의 반복과 그것이 전달하는 미감을 상기하자면, 떠밀려온 기억 속에서 아름다움을 발견하는 순간이란 찰나에 불과하다. 하지만 그 찰나들이 점점이 모일 때 구성되는 화자의 현재란 "한 아름 안겨오는 작은 어제들과/ 서서히 윤곽을 그리는 커다란 내일"이라는 진술처럼 어떤 기대를 걸어봄직한 것이기도 하다. 바로 그 작은 가능성이 화자의 현재를 암울한 것으로부터 구원하는 한 줄기의 빛이 되는 것이다. 그렇기에 여전히 화자의 현실은 모든 가능성이 완료된 '후일담'으로만 있는 것이 아니라 미래를 향해 건네질 수 있는 작은 부분으로 존재할 수 있게 되는 것이리라.

우린 줄곧 막다른 길에 다다랐으나
약속했던 푸른 숲은 보이지 않고, 길은 끊임이 없었다
그럴 때마다 눈을 돌리면 길 밖은 바깥의 일들로 가득하고

쏟아지는 비는 자리를 찾지 못해 어딘가로 흘렀다
그렇게 우리도 어딘가로 흐르고 있었다

되돌아보면 우린 종종 진창을 걸었다
가만히 둘러앉아 젖은 신발을 벗고 나면 새하얀 발,
서로에게 그토록 하얀 부분이 있었다니
우린 새삼 부끄러워지는 발들을 흔들었다
그럴 때는 웃을 수 있었다

앞선 이가 없으니 누군가의 길이 되는 것도 나쁘지도 않았다
엎드려 쪽잠을 자던 내가 깨어났을 무렵
당신은 저 앞으로 걸어가고 있었다

어디로 가는 건가요 아직 해가 뜨지 않았는데
눈이 부신 내가 눈을 비비자 눈앞이 푸르러졌다
어두운 밤 멀어지는 모습이 선명히 보였다

당신이 푸른 숲을 걷고 있었다
천천히 멀어지고 있었다
함께는 아니지만 그런 것도 괜찮겠다 싶었다
당신 뒤에 발자국이 되고 싶었다
―「막다른 길에 다다랐으나 푸른 숲을 향해 가듯」 전문

그러나 이 모든 행위에는 어떠한 확약도 존재하지 않는다. 그것은 그저 가능성에 불과할 따름이며, 과정에서 얻어지는 아름다움은 찰나에 불과하다. 따라서 화자가 보여주는 모든 시적 경로는 효용의 관점에서 바라본다면 부질없는 것에 가깝다. 하지만 중요한 것은 그럼에도 불구하고 화자는 여전히 기억의 해변을 거닐며 이 부질없는 행위를 이어가며 아름다움의 편린을 거듭 찾아내고 있다는 사실이다. "막다른 길에 다다랐으나 푸른 숲을 향해 가듯"이라는 제목처럼, 화자는 과거가 밀려오는 현재가 미래로 나아가는 유일한 길이라는 믿음을 져버리지 않는다. 비록 시간의 흐름 속에서 '너'라는 대상과 함께했던 순간이 비가역적으로 지금 '나'의 현재로부터 멀어질 따름이라 할지라도, 오직 그것만이 멀어져가는 너를 다시금 '현재'에 붙들어놓을 수 있는 유일한 길이기에 말이다.

　그러니 이것을 단지 아름다울 뿐이라고 말할 수 있을까? 혹은, 단지 슬픔일 따름이라고 말할 수 있을까. 어떠한 말도 쉽사리 허락되지도 않을 김진규의 시적 궤적 속에서, 다시금 찰나의 빛이 스쳐 지나간다. 슬픔과 아름다움이 한 몸으로. 🔡

달아실시선 87

당신을 좋은 소식이라고 저장했습니다

1판 1쇄 발행	2024년 12월 31일

지은이	김진규
발행인	윤미소
발행처	(주)달아실출판사

책임편집	박제영
기획위원	박정대, 이홍섭, 전윤호
편집위원	김선순, 이나래
디자인	전부다
법률자문	김용진, 이종진

주소	강원도 춘천시 춘천로 257, 2층
전화	033-241-7661
팩스	033-241-7662
이메일	dalasilmoongo@naver.com
출판등록	2016년 12월 30일 제494호

* 잘못된 책은 구입한 곳에서 바꿔드립니다.
* 책값은 뒤표지에 표시되어 있습니다.
* 이 책은 강원특별자치도, 강원문화재단 후원으로 발간되었습니다.